CLAMP
PREMIUM COLLECTION
엑스

X

CLAMP

THEIR DESTINY WAS **18.5** FOREORDAINED, 1999.

종말(終末) Ⅲ

엑스

X

終

종
말

末

Ⅲ

3

종말(終末)

①모든 일의 끝.

②세상의 끝. 최후.

THEIR DESTINY WAS FOREORDAINED.

THE CHRISTIAN ERA

1999

PLANNING AND PRESENTS / CLAMP

'그녀석'만은
내가 처리한다.

뚜벅
네 꿈에 나온 것과 같은 모습이야.
알지?
내가 이 모습으로 있다는 건…
'종말'이 머지 않았다는 뜻이지.

현실은 네가 꿈에서 본 대로 나아가고 있어.
이제 곧 네 소망은 이루어질 거다.
그런데 왠지 불만스러워 보이는군.
당신의 소망은 이루어지는 건가요?
당신은…?
슥

…마지막 싸움
이라는 걸
시작해볼까?
파앗

펄럭
…방금 저 표정은 …… '카무이'가 아니었어.
저건….

고오오오
빠직
빠직

삑
이 영상 속 지진이 사흘 전.
도쿄의 거의 모든 '결계'가 붕괴됐어.
이대로 가다간, …도쿄는 수몰될 거야.
아라시 씨도 돌아오지 않고 있고 ….
소라타는…
아라시 씨를 찾으러 간 채로 여전히….
꿈에서 본 것과 같은 광경이 조금씩 현실로 이루어지고 있다.
사전에 미리 이렇게 되리라고, 마치 정해져 있던 것처럼.

'운명'
이라는 게
뭔데?
'사전에
미리
정해져 있는
미래'를 말해.
너라면
미래를
바꿀 수
있을지도 몰라.
너는
'카무이'니까….
강해지렴,
카무이.

그 손으로
'신검'을 들고 싸울 때,
망설이지 않아도 되게끔.
휘청
카무이 씨!!
헉

왜 그러
세요?!
타닷
…'신검'
이…
부르고
있어….

'신검'이 부르고 있다….
봉인을 풀고
여기서 꺼내 달라고 ….

온 것 인가….
이걸 필요로 하는 날이….
'신검'을 쓰면
당신은 '후마'를 만날 수 있을 겁니다.

하지만
그건…
철컹
철컹
또 다른
비극으로
연결되겠지만….

파직

크오오오오오오

…후마
….

두 개의 '신검'이 두 명의 '카무이' 손에 돌아왔다.
이 꿈은 빗나갈 거야.
파앗

이 육신은 손에 넣었고,
난 죽지 않아.
죽는 건….

'최후의 싸움' 에서…
죽어줘야 겠다, '천룡'의 '카무이'.

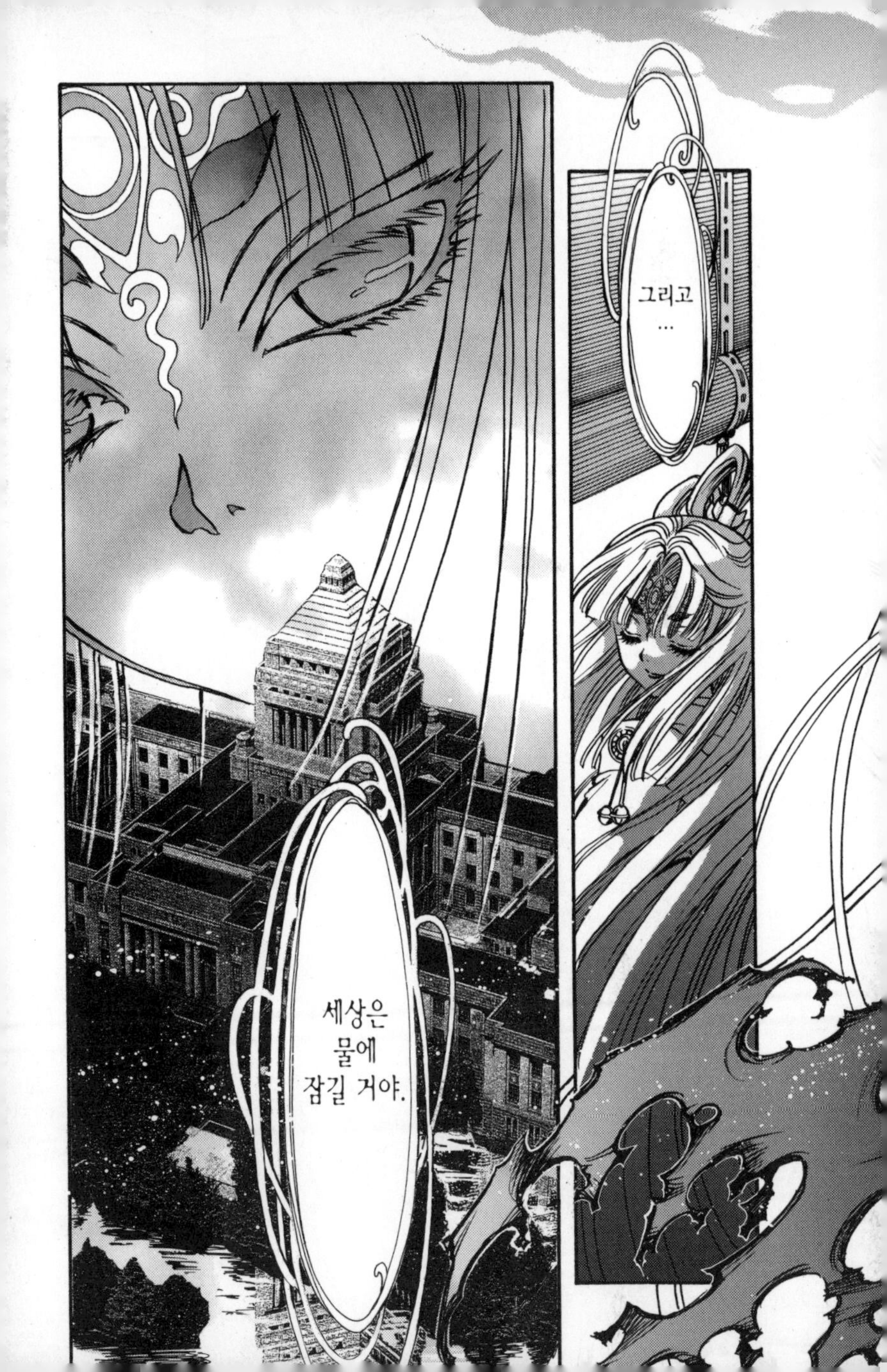
그리고
…
세상은
물에
잠길 거야.

마치 물의 도시 같네.
하지만….
아름다워 보이려고 한다….
아무도 없는 이 도쿄의 모습이….

휘오오오오오오
신검은 곧 다가올 날까지 봉인되어야 하는 것이었죠.
그리고 신검은 널 불렀고.
짤랑
…그날이 온 것이로군요.
'지구의 최후'를 결정할 날이.

…지금부터 무슨 일이 일어날지는 나도 몰라.
하지만 무슨 일이 일어나든,
나는 분명…
모두를 위해서 라든가,
지구를 위해서 라든가,
그런 걸 생각하며 행동하진 못할 거야.

괜찮아,
그거면.
자신이 어떻게 하고 싶은지, 자신이 무얼 가장 원하고 있는 것인지,
그거면 충분 하니까요.
하지만 …
나는… '카무이' 라고 히노토가 그랬어.
나의 선택이 지구의 미래와 관련될 거라고….

하지만
카무이 씨는
'카무이'이기 이전에 카무이 씨니까요.
탁
타앗

그러니까
카무이.
네 소망
대로
네가
원하는 걸
위해
가보렴.

으아아아아아아아아악
쯧
우와악
?!!
쭈욱

이제 얼마 안 남았어, 언니.
언니가 꿈에서 본 미래는 빗나갈 거야.
그리고
미래를 잘못 읽은 '몽견(夢見)'은,
그렇게 되면…
언니는 그 지하에서 나올 수 있지….

…
노에.
…언니…?
…이건…
꿈속?

…언니
…?!
움찔

…이건… 언니의 꿈…?

언니가
왜 두 명
있지…?
나를
…
…
막아
줘….

지금
현세에
있는 건
또 다른
나.
내
마음의
그림자
….
나에겐
또 다른
나를
막을 힘이…
더는 없어.
…언
…니.
그
누구도
…
죽는 걸
원치
않아….

카노에
…
나의
하나뿐인
동생.
나를…
막아줘….
나를…
죽여줘
….

언니!

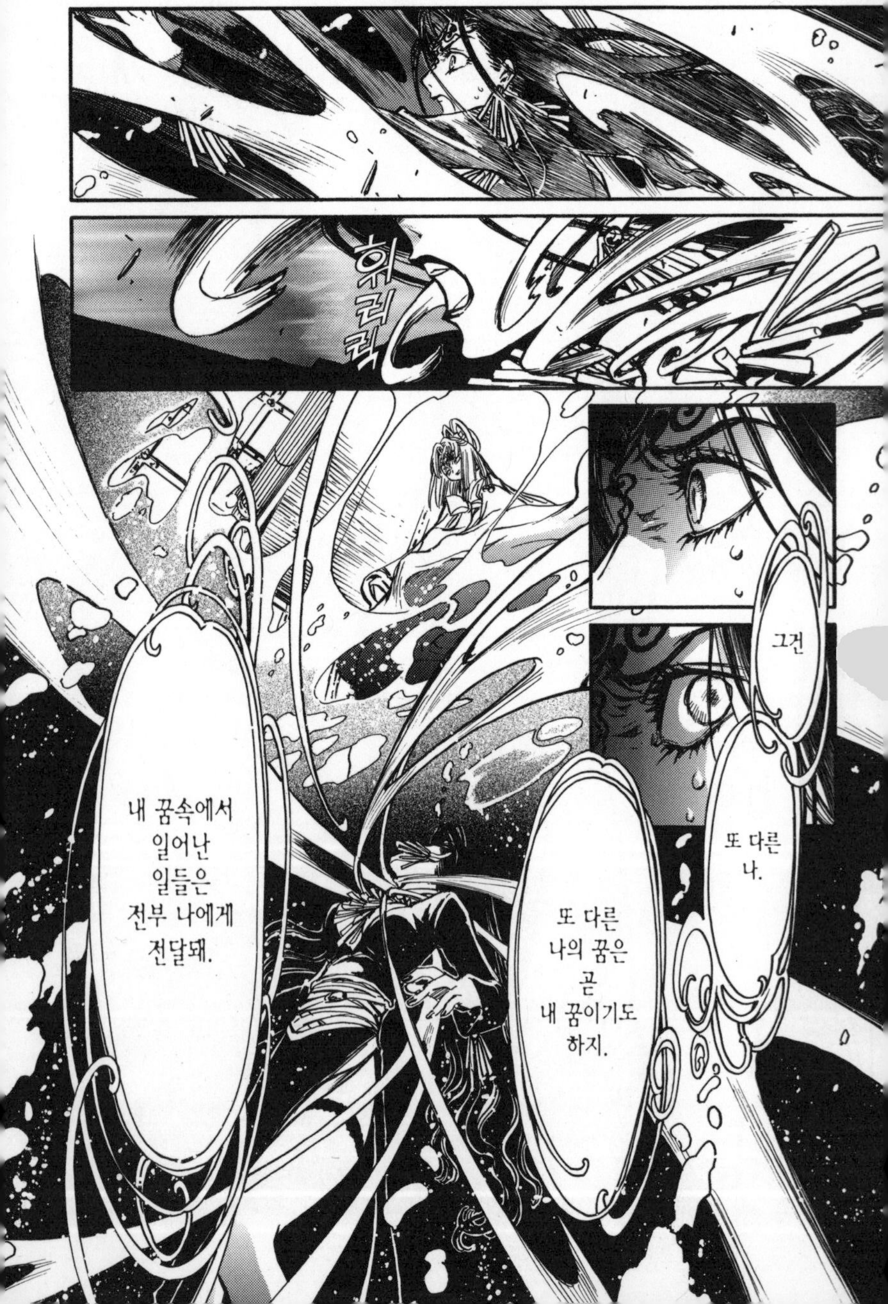
휘리릭
그건
또 다른
나.
또 다른
나의 꿈은
곧
내 꿈이기도
하지.
내 꿈속에서
일어난
일들은
전부 나에게
전달돼.

그런데도 친동생에게 도움을 요청한 건가?
어리석기는.
…언…니….
또 다른 내가 있는 곳도 이미 내 손아귀 안.
너는 사라질 거다,
히노토.
치직
또 다른 내가 한 말은 전부 진실.
나는 줄곧 히노토 안에 있었던
히노토의 마음.

카노에.
너는 왜 '지룡'들을 모은 거지?
부드득
다 알아.
너는 날 '몽견'이라는 족쇄로부터 해방시켜 주길 원했어.
늙지도 못하고, 아무 데도 가지 못하고, 그저 계속 꿈만 꿔야 하는
그런 운명으로 부터 해방시켜 주고 싶어 했지.

그렇지?
뿌득
하지만
'히노토'는
그런 걸 원치 않았던 모양이야.
휙

타인의 소망은 아무도 몰라.
마음은 보이지 않고, 만질 수도 없으니까.
분명히 그곳에 존재하는데도.
아니,
아는 자가 있었군.

움찔
네 소망은
내가 이루어 줄게.
꿈틀
'히노토'를,
나를 자유롭게.
꿈틀
그러니까
안심하고…

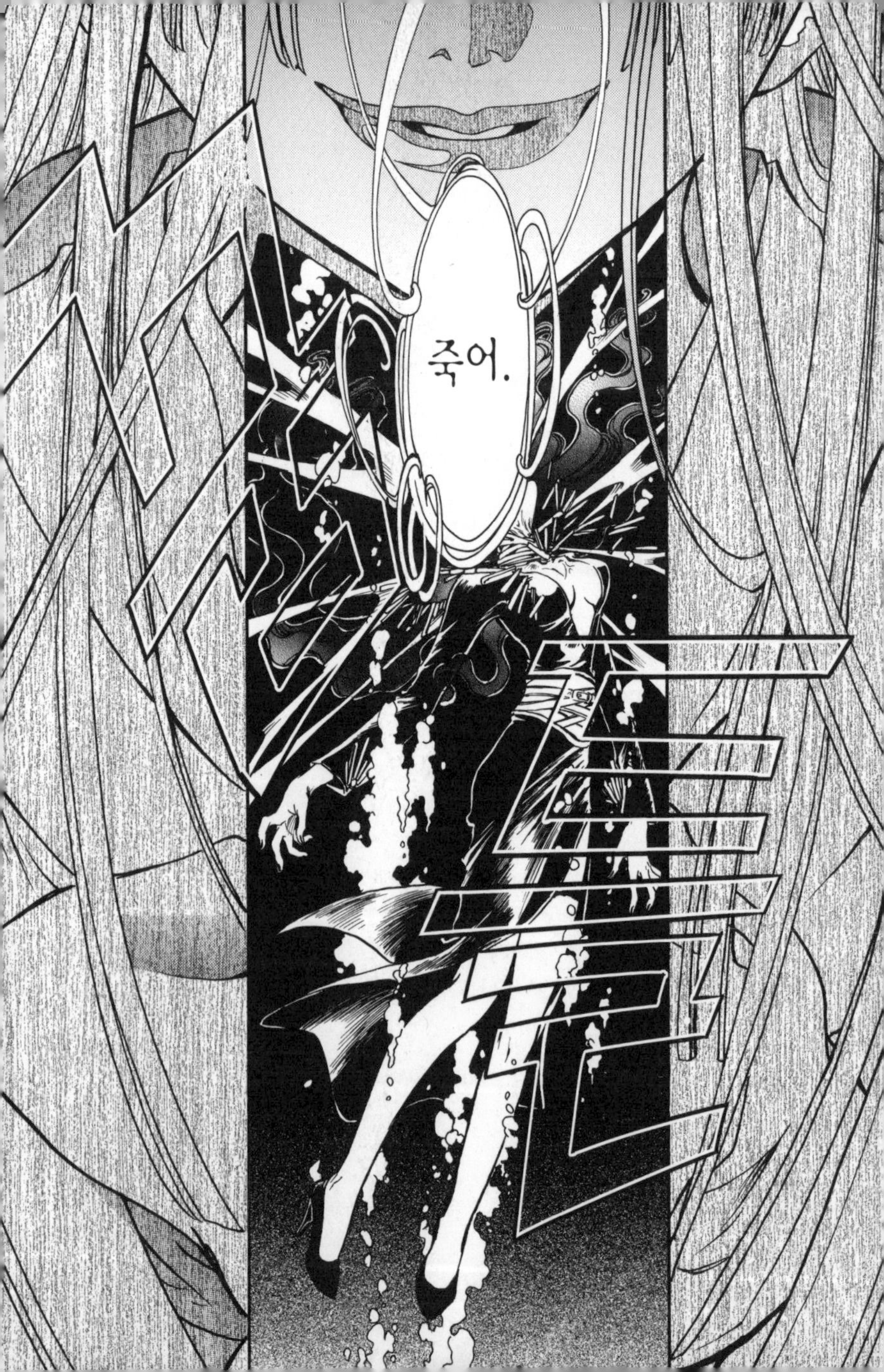
죽어.

파들
파들
킥킥
킥킥…!
아하하
하하.

헉
쩌렁
히노토 씨의 목소리?
쩌렁
머릿속에 목소리가 …!
카노에 가….
카노에 가…!

방금 그거…
사실이야?
히노토의 동생을
죽인 건가….
어떻게 생각해?
네가 보기엔 어느 쪽인 것 같아?
'카무이'.

사람은 보고 싶은 쪽으로밖에 사물을 보지 않아.
믿고 싶은 것밖에 믿지 않고.
너는… 믿은 모양이구나.

네가
그 여자를 내가 죽였다고 생각했다면
그것이 너에겐 진실이고,
그러길 네가 바란 것이지.

펄럭
스…
바루….

왜….
왜인 것 같아?
네가 생각한 것,
그게 답이야.

그럼,
네 소망을 이뤄주마.
'카무이'.

콰르륵
콰르르르
빠직
콰륵
빠
쿠오오오오
콰직
빠직

카가가가각
와락
쑤욱
위험해!!
콰과광

야앗
크오오오오오오오
즈즈즈우웅
탁

고오오오
오오오오오오
ㅋㅋㅋㅋ ㅋㅋ
뿌득
타앗
타
쉬와아앙

슈우우 우 우우 우 우 우 우우 우

후둑 후둑
떨그럭
…왜….

'카무이'인 나를 다치게 하는 한이 있어도…
'후마'를 되찾고 싶다면서?
슥
툭
투둑
그게 네 소망이지.
… 하지만
팔랑
너의 진짜 소망은 달라.
…뭐 …?

최후의
싸움을
하는 순간까지
진짜 소망은
깨닫지 못한
모양이구나,
'카무이'.

카무이!
카무이!
카무이
씨!
과과 과과과 과광

슈우우우 우우
뚜벅
내 소망은
후마를 되찾는 거야….
설령
그 때문에 누군가를 …
후마 자신을 다치게 하는 한이 있더라도…

펄럭
그게 내 소망 이야.
그 외에 다른 소망 따윈…!
…있어,
카무이.
아직도 깨닫지 못했구나.
하지만
그 안에 있어.

스바루
….
그걸
깨닫지
못하면
아무것도
달라지지
않아.
빠직
그래서
빠직
너는 날
이길 수
없어.
쿠쿠쿠쿠
쿠 쿠
'카무이'.

그래.
그대로 검을 내리 꽂아라.
그러면 '카무이'는 죽는다.
살벌하네, 공주님.

고야의
아리스가와
소라타….
지금
'천룡'들이…
'지룡' 쪽
'카무이'
와…!
그것도
'몽견'대로
인가?

무…
무슨 소릴 ….
이 녀석이
다 보고 알려줬어.
네가 우리 몰래 한 짓들을.

치직
......
틀렸어.
넌
공주님이
아니야.
네가
누구인지는
나중에
물어도 되겠지.
아라시를…
돌려줘.

스윽
네가 아라시를 붙잡고 있다는 건 알고 있어.
내 방에서 빠져나가 이 국회의사당을 찾아온 아라시를 어디로 보낸 거냐.
겁을…
꺼낼 수가 없어요.

난 이제 아무것도 할 수 없어요….
'천룡' 으로서….
부글
그렇다면
'지룡'으로 살면 돼.
히노토 공주?!

내 꿈속에서 잠들어라.
그리고
깨어났을 때는
과거를 잊고,
지키고 싶은 이도, 사랑하는 이도 잊고
'지룡'으로서 결계를 파괴하고, 내가 원하는 대로 움직이는 자가 되어라.

이 국회 의사당도 결계 중 하나니까.
게다가 넌
자신이 한 짓이 밖으로 새어 나가지 않게 너 자신에게도 '결계'를 쳐놨지.
이 호법동자도 그걸 뚫고 나와 자신이 본 걸 나에게 알려주느라
휘리릭
며칠은 고생한 것 같더라고.
팔랑
두 번은 말하지 않겠다.
아라시를 내놔.

꺄아아
아악!!
콰앙
무슨 일
이십니까!
공주님!!

고야의 별이…
나를…
나를 죽이려고!!
뭐라고?!

파직
…비켜.
파직
파직
파아앗
공주님을
보호하는 게
우리의…!
그 녀석은
공주님이
아니야.
파지직

무슨 말씀 이세요?!
물론 외양은 그대로지.
하지만 속 알맹이가 달라.
아까부터 계속 저렇게 말하며 나를…!
무슨 말인지 전혀 모르겠어요…!

이제 딱
한 번만
더 말하지.
비켜!

소망.
나의 소망은 후마를 되찾는 것이다.
설령 무슨 일이 있어도 그렇게 하기로 결심했다.
무슨 일이 있어도 후마를….
꽈악

'7인의 사자'인 '카무이'.
이렇게 말했어, 그가 나에게.
'그 누구도 다른 사람을 죽여선 안 된다면',
'왜 자꾸 잃어버리는 걸까요? 중요한 걸.'

…나는.

엑스

X

18.5 ——— END

THEIR DESTINY WAS
FOREORDAINED.
THE CHRISTIAN ERA
1999
PLANNING AND PRESENTS / CLAMP

엑스

X

IMAGE CLIP「X²」

초판 특전

X² IMAGE CLIP
SPECIAL COMIC

여긴 어디 …?

지구…?

스륵
…카…

카무이.

카무이….
씨익

어…?
우—웅
아…
안 돼,
카무이!

지구가 부서져!

멈춰
—!!

꾸드득
꽈악
카무이가…
두 명….

용이…
도쿄를….

악아아아 아악
꺄아아아아

…꿈….
헉
아악

그것이
네 '운명'
이야….
꽈악

카무이….

THEIR DESTINY WAS
FOREORDAINED.
THE CHRISTIAN ERA
1999
PLANNING AND PRESENTS / CLAMP

엑스
X

CLAMP

팬클럽 특전

소라의 청춘
러브러브 파이어

CLAMP신문
FINAL 기념
누님,
'야쿠르트×한신'
경기 티켓이야.
내가…
누님을 위해
줄 서서 사왔어.
소라의 청춘 러브러브♥파이어
데이트하자,
누나.
하 아
그리고
당일.
좋은
시합
이었어.
한신이
졌지만
내가
좋은
카페를
알고
있는데,
차 한잔
하지
않을래?
고기….
중얼…
뭐?
고기가
먹고 싶어요.

그리하여
메뉴
누나, 뭐 먹을래? 고기는 많이 못 먹겠지?
여자니까
고급 갈비 10인분, 뼈 있는 갈비 3인분.
곰탕이랑 육회, 그리고 미역 샐러드, 생간 4접시, 양념장은 소금 기름장으로.
냉면이랑 우롱차랑 깍두기, 우설 소금구이 3인분,
그리고 ―.
우선은 이상이요.
누누누, 누나.
아하하
맛있는 고깃집을 알고 있는데 그럼 거기로 갈까?
'전문가' 구나?
누…, 누나. 난 그렇게까지 많이 못 먹는데.
슥삭 슥삭
누가 당신 몫까지 시켰대요?
저건 내 몫이에요.
그럼 난 고급 등심 2인분.
그리고 보리새우랑 닭고기.
카노에 씨, 뭐 드실래요?
훗. 당신한테 맡길게, 유토. 기대하고 있다고.
저는 으~음 육회랑…
메뉴
메뉴
콰
퍼
억

…이상 이고요.
앗, 밥은 듬뿍 부탁드려요.
화라락—
카무이는 뭐 먹고 싶어?
그냥 맡길게 난 속세에 어두워서
공주님 뭐 드시겠어요?
아 감사히 먹을게요
난 역시 안창살—?
메뉴
저는 남친 같은 거 없는데요.
?
에이~, 소라타. 진정해. 그렇게 꽉 막힌 소리 하지 말고….
아라시의 남친이라면 내 남친이나 마찬가지니까.
잠깐만! 물론 누나 몫은 내가 부담할 거야!
하지만 너희 몫은 책임 못 져!
벌떡
아무튼!
우—앙
훌쩍
훌쩍
뿌앵
그래?
응

쿠오오오오오
땡전 한 푼
안 낼 거야!
처어억
당신 몫도,
당신들 몫도,
그쪽도.
포퐁
퐁!
나… 돈 없는데.
……….
하, 하는 수 없지-.
훗
카무이 몫은 내가 부담할게.
코토리랑 카무이 몫이라면 내가 내도 괜찮아

카무이만
편애하고ㅡ.
우ㅡ
우ㅡ
우ㅡ
우ㅡ
우ㅡ
우ㅡ
편애다ㅡ!
난 이미
와이프한테
저녁상
안 차려도
된다고
전화했다고요.
우ㅡ
우ㅡ
코토리의
고기가~
사삭
내
생선
우ㅡ
에잇!!
시끄러.
세상은
무정해.
결국
집에 가는 전철비까지
탈탈 털렸어.
휘오오오
그래도 난
지지 않아.
누나의
하트를 거머쥘
때까지.
성스러운 위장 아라시와
유쾌한 동료들 앞에서
소라타의 재력은
풍전등화인가?!
그녀를 감당할 수 있는
재력가가 될 때까지
살랑…
살랑
살랑
지지 마라,
소라타!
너의 생활력을
기대하고 있다고!
앗,
패자의 꽃.
어머나, 저렇게
많이
예쁘다

엑스

X

잡지 「ASUKA」
1993년 6월호 게재

X 개그 편

마가미가의 일족
번쩍
콰르르릉
그 저택에 발을 들여놓은 순간부터 참극은 시작되었다.
잘 왔다, 카무이. 난 네 이모인 마가미 토키코야.
이제부터 네 외가 일족에게 널 소개할게.
움찔
다들 널 만나길 기대하고 있단다.
펄떡
저기….
머뭇머뭇…
저건…?
…….
두근두근
수상해
그런 것보다
이것이 마가미가의 일족이다!

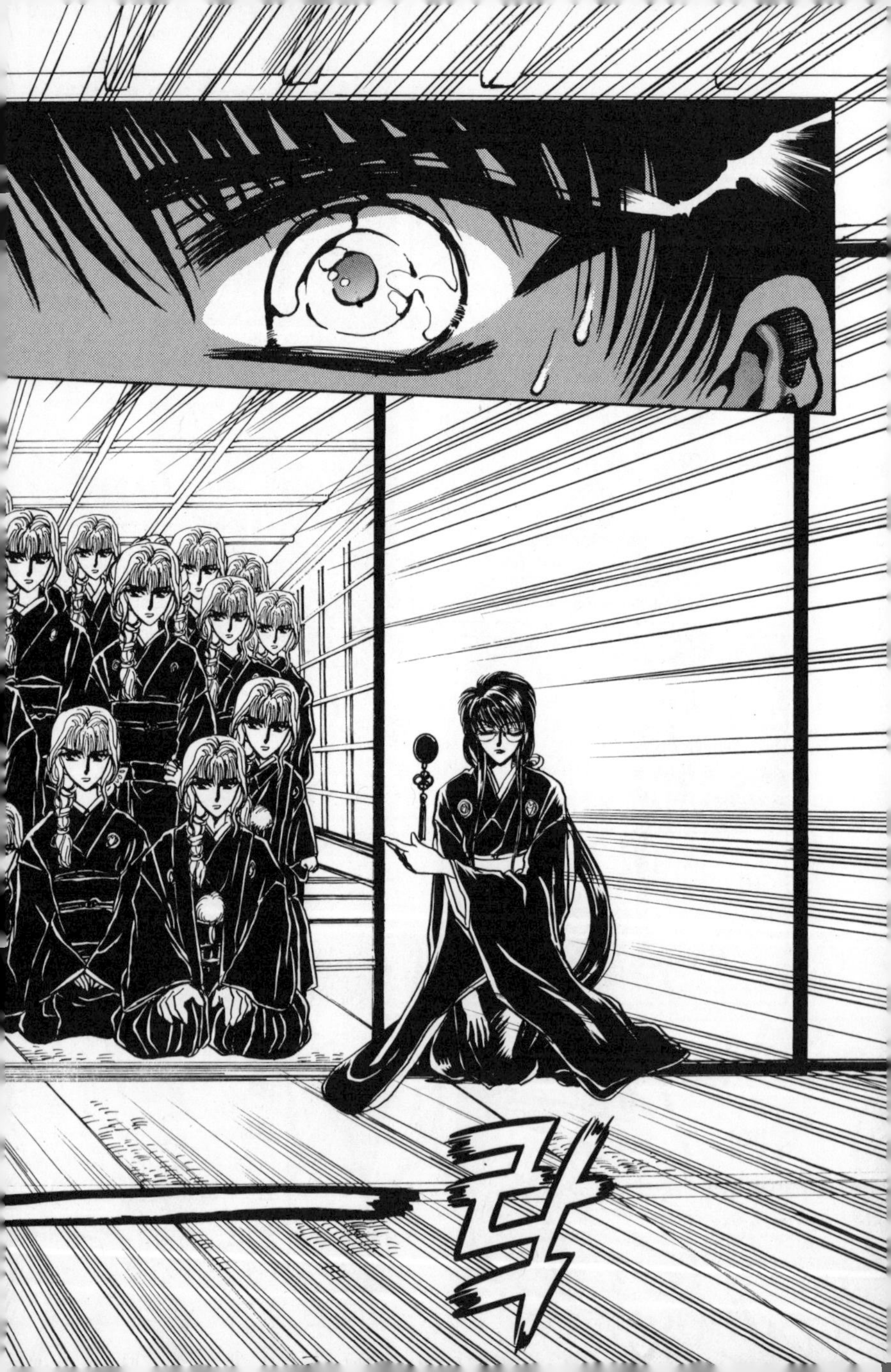
탁

파과아앙
허허허
차락

우글
우글
우글우글
오른쪽부터 큰 숙부님, 큰 숙모님,
증조부님, 고조부, 고조모님,
오오—
이거 참, 대단한 미인인걸?
아이고—, 아주 잘 왔다.
역시 토오루의 외아들. 토오루와 판박이야.
잘생겼네. 경단 먹고 가려무나.
우글
사촌, 육촌, 재종형제,
마치 토오루가 돌아온 것 같아.
파직
하하하.
카무이는 얌전하구나?
파직파직…
처음 만났으니까요. 놀란 거겠죠.
뭐, 차차 익숙해지겠지.
익숙해지겠냐—?!
그렇다면 너무 무서울 듯….
?
일본의 톱시크릿 마가미가. 의문의 일족이었다.

마작 방랑기
난 몸이 허약하니까— 바깥보다는 집 안에서 놀고 싶어—.
?
촤라락—
다행히 멤버도 모였으니—.
이… 이건….
마작—….
코토리가 '선'이야♡
예를 잘못 키웠어…
젠장 못 버티겠어!
론!!
착
국사무쌍!!
착
대삼원!!
두
웅
연전연패
팔랑
캉
캉
팔랑
무섭다!! 모노우 코토리! 힘내라, 카무이. 정의의 사도에게 승부운은 빼놓을 수 없는 요소니까.
…….
강해지렴 카무이

파라다이스 인 모노우 오빠
역시 멋있어, 모노우 선배. 키도 크고, 핸섬하고.
까아 까아
쓰담 쓰담
그런데 코토리의 머릴 쓰다듬고 있을 때의 선배는
눈과 손의 움직임이 따로 놀지 않아?
영혼이 없는 느낌?
쓰담 쓰담
멍
오빠?
오빠.
모노우 후마.
역시 이상해.
몽글 몽글
멍
쓰담 쓰담
마음만 무릉도원에 가 있는 남자.

사이키 님 포에버
X 1권에서
소우히, 히엔을
화나게 만든
사이키 님.
빠릿빠릿하게
걸어!!
꽥!
어서
사이키 님을
치료하세요….
이런 곳에
나올 수 있는
처지라고
생각해?
저녁 준비는
다 되었나요?!
하여간 당신은!
쉬익
누구냐.
이봐, 사이키 님.
목욕물은
데워놨어?!
1권 이후로
입지가 좁아진
사이키 님이었다.
뭐야,
이 짜디짠
된장국은!
우릴 죽일 셈이야?
그리고
사이키 님
재등장.
그러나
히노토
공주한테서
손 떼!!
힘내라,
사이키.
너의 미래는
암울하다!!
그동안
의사당 뒤에서
부엌데기로
일하고
있었음
성스러운 위장 아라시
치익 치익
누님. 실례지만,
그만큼 먹어 놓고도
용케 그런 몸매를
유지하고 있네?
그런가요?
저녁 먹기 전의
가벼운
식사인데….
다 어디로
들어가는
거지…?

자, 자~…, 배도 불렀겠다.
차로 가면 길이 막히니까, 날아서 국회의사당으로 가볼까?
파앗
엇?!
콰
다앙
이 부분이 무거움
…잘 알겠어, 누나.
택시 잡자.
응?
툭
죄송해요

엑스

X

CLAMP Newtype
PLATINUM

CLAMP IN WONDERLAND EX. Ver.PLATINUM

…나는.
푸욱
……어?
휘둥그레

어?
엥?
어라?
손님이신가요?
소원을 이뤄주는 가게?
그래.
네가 여기에 온 것은 필연.
뭔가 곤란한 일이 있구나.
또 상당히 힘들어 보이는 사람이로군.
곤란한 일이 너무 많아서 곤란해하고 있다
으~음
으~음
곤란한 일. 곤란한 일…
만신창이에다 검도 들고 있고.
네가 가장 곤란해하고 있는 일은 뭐지?

친한 친구가 이상해져서 걸핏하면 칼을 들고 달려들어요.
우와…극단적
…그건 매우 곤란하겠군.
확실히
어떻게든 해결 못 할 일도 아니지만…
큰 대가가 필요해.
대가는….
지구?

결국 무리라는 뜻이잖아요—!!!
흑흑 흑흑
울리다니—!
농담이었는뎅—♥
또 손님?
움찔
이런 곳에 있었구나, '카무이'.
네 '소망'을 이뤄주는 건 바로 나다.
내가 너 때문에 ~~~.
남의 가게 앞마당에 나타나더니 다짜고짜 그 소리냐!!
캬아아앗
와아~
진짜 힘들겠다…….
시끄러! 닥쳐!!
네 '소망'을 이뤄줄 수 있는 건 나뿐이야.

CLAMP
PREMIUM COLLECTION

X
엑스
18.5

2024년 7월 25일 제1판 제1쇄 인쇄
2024년 7월 30일 제1판 제1쇄 발행

작가 CLAMP
번역 이정운

발행인 오태엽
편집팀장 이수춘
편집담당 조미연
미술담당 최진주
표지 디자인 Design Plus
라이츠사업팀 이은선, 조은지, 정선주, 신주은
전략마케팅팀 김정훈, 이강희, 정누리
제작담당 박석주

발행처 (주)서울미디어코믹스
등록일 2018년 3월 12일
등록번호 제 2018-000021
주소 서울특별시 용산구 만리재로 192

인쇄처 코리아 피앤피

CLAMP PREMIUM COLLECTION X Vol.18.5